ubiratan costa

nasceu em Goiânia (GO) em 1990. É formado em composição musical pela Universidade Federal de Goiás e graduando em letras pela mesma instituição. Estreou na literatura com o livro de poemas *As notações do azul*, publicado em 2021. É compositor de música de concerto e por meio desta arte dá vida a textos próprios e de poetas queridos, como Cecília, Bandeira e Kaváfis, em canções para formações instrumentais e vocais variadas. *Tarde inventada* é seu segundo livro.

FOTO: DAMIANO MARASCIUOLO

TARDE INVENTADA

ubiratan costa

editora Urutau
primeira edição
2023

editora Urutau

rua do cajú, 478,
jardim das cerejeiras
06724-015
cotia-sp (brasil)

rua manuel pacheco nobre, 128 - 5° esquerdo
2830-080
barreiro (setúbal)
portugal

[+351] 928053619 [portugal]
[+55] 11 95608 8983 [brasil]

www.editoraurutau.com.br
contato@editoraurutau.com.br

[EDITORA]
debora ribeiro rendelli
[REVISÃO]
marcella sarubi
[PROJETO GRÁFICO]
wladimir vaz
[COORDENAÇÃO GRÁFICA]
tiago fabris rendelli
[DIAGRAMAÇÃO]
victor h. azevedo
[CAPA]
victor h. azevedo, sobre fotografia de dylann hendricks

dados internacionais de catalogação na publicação (CIP) de acordo com ISBD

Costa, Ubiratan
C837t Tarde inventada / Ubiratan Costa. - Cotia : Urutau, 2023. 128 p. ; 14cm x 19,5cm.

ISBN: 978-65-5900-570-3

1. Literatura brasileira. 2. Poesia. I. Título.

CDD 869.1
2023-2596 CDU 821.134.3(81)-1

Elaborado por Odilio Hilario Moreira Junior - CRB-8/9949

sumário

Só as crianças e os velhos
sabem estar na tarde
como se ela fora eterna.

João Paulo Parisio

tarde inflamada

Numa troca apressada de roupa
ao meio-dia,
num abotoamento agitado de camisa,
uma tarde inflamada
ao desejo de teu corpo
— se assim mais cedo o entrevejo —
não garante o sucesso
do que à noite se sacia.

Se é aberta a porta,
teu corpo visto
ao meio-dia
num banho às pressas
conflagra
convoca,
na tarde que resta,
a visão repetida
da água que desce
domando pelos.

Uma tarde de espera
(relva incontida
de teu corpo

subitamente
alfombra
domada
pela água),
uma tarde de espera,
mesmo se muita,
não garante que se cumpra
o que o desejo requer:
um vazio primevo,
o tempo detonado.

Eu não teria tua carne,
mesmo se muito a tocasse,
mesmo se a deglutisse
eu não seria tua carne.
E se me desesperam as mãos
a boca
a língua
turbando
a relva
tão desejada
tão esperada
de teu corpo,
é que pressentem:
realizado, o desejo
não se desfaz.

Enfim no centro
do instante

desejado
(eu não teria tua carne,
eu não seria tua carne...)
não se suprime o limite
entre eu e o instante:
jamais o serei,
jamais nos seremos
mutuamente.

Pois ao instante desejado
(mãos, boca, língua
turbando
a relva de teu corpo,
a relva vasta de teu corpo)
ao instante desejado
convém não se realizar,
ao prazer esperado
não convém ser cumprido.

Narciso contra narciso,
espelho contra espelho,
é uma a via
de se enterrar
um desejo:
é desejando
sem cessar.

Fecha-se um espelho
contrapondo-lhe outro.

Vazio primevo. Erva vasta.
Tarde inflamada.
O desejo só se basta
e se aniquila
em desejar.

hinos ao deus da tarde

I. vislumbre

Do rosto que tiveste na Síria
aos vinte e sete anos;
do rosto que tiveste
à minha idade, na Síria;
do rosto que tiveste
aos dezessete,
guardo um pesar
pois não os vi.

E deste corpo agora ausente,
(rigor humilde, contrita opulência)
à revelia do tempo eu suponho
o que fora aos vinte,
aos quinze,
aos vinte e três.
Alcanço
a criança
que foste.

Aferrado talvez
da mesma fome

ancestral
de amor e de angústia,
encaro:

escuridade de tua dicção,
branco lavado de tua pele,
apascentado anil de tua veste,
pelos quais eu urdiria
a violência e a devoção
dos cantos mais sinceros.

E agora que aportas em Síria,
terra de tua natividade
(angústia, terra
de minha natividade,
da qual tão longe estive,
e à qual aporto)
que me espraies meu rosto
por tua terra
num vislumbre
(involuntário talvez,
desejoso talvez)
de mim:

que em Síria
alguém me saiba,
e sejas tu.

II. terra e águas te reivindicam

Passam-se anos
e hoje eu tenho
a idade
tua
de quando
chegaste.
Mas não teu rosto
lânguido e santo,
nem teu porte
de iconostásio.

Julguei que a vida
à tua idade
me desse
a tua
estatura,
o mesmo encanto,
o mesmo
nobre
cansaço,
julguei que o tempo
sagrasse
em mim
a mesma tarde
sagrada em
teu corpo,
julguei que o tempo

me coroasse
homem
vespertino,
homem
ambarino
como a ti coroou.

Mas se algo é tarde
em mim
é dentro,
onde um sol
não cessa de queimar.

Fizeram os anos
de mim homem
menor.
E tão pouco
cabe,
tão pouco
mora
em homem assim
dirimido.
Não mora teu rosto,
a lembrança de teu rosto,
que a noite
a guerra
ou a morte
— assim presumo —
comeu.

Guardei-te fora,
guardei-te longe,
à margem do que me consome.
Mas hoje ao lume
de antigo desejo,
limpo teu rosto
que a nódoa dos anos
azinhavrou.

Rosto arcaico,
dorso arcaico,
passam-se anos,
tenho tua idade,
mas o tempo dotou-me
de um corpo
outro
que o teu.
Tivesse esse corpo
que a ti ocorre,
tivesse e fosse
o teu corpo,
eu tornaria ao centro
do que o reclama:
lançaria-me
sem regresso
à terra funda,
lançaria-me ao mar
em descer
sem retorno,

daria-o de volta
ao que o fiou,
pois terra e águas
não consentem
milagre
que assim se
concentra:

terra e águas
te reivindicam.

sob a tua camisa

Aí,
sob a tua camisa,
ao rés da relva baixa
que te reveste
e atapeta,
talvez da vida haurisse
um outro gosto.
Aí, no espanto
e no esplendor
de um relvado
entrevisto apenas
no que escapa
pela gola
(e que de resto
imagino),
se encerra um reino
interdito ao meu tato,
de todo alheio
ao meu desejo,

mas que ainda assim
eu sitio
— à distância, em segredo,

em fantasia,
como um menino iludido
em ser senhor
do sol.

*

De onde são teus sonhos, de que céus e areias?
Que é da tua vida, ó sultão do nada?
CECÍLIA MEIRELES

Amar como um fâmulo
amaria ao seu senhor,
assim me detenho
no império
desolado
de tuas coxas.
Janízaro
ao pórtico
embandeirado
de teu corpo,
me detenho,
te cerco
e te guardo,
imperador do Oriente,

oh meu sultão do nada!

*

Se pairou sobre a pele das águas
e aguardou milênios
a babugem
ou centelha de fala
que o dissesse,
desconheço.
Mas aqui,
bem aqui,
eu invento:
nos amou o poema
uma vez inventado.
E agora deus nesse amor
ele entende:
restará entre os bichos
e os musgos
ao fim do mundo
e da linguagem.

*

Apartado do humano convívio
o poema entende:
doravante sua casa é outra,
doravante sua casa é nenhuma.

Outrora deus,
hoje bicho traído
ele compreende:
é doída a soberba
dos gatos sem dono,
serena é a angústia
dos cães de rua.

num domingo de feira

Num domingo de feira,
inesperadamente o poema
é um pombo jovem
e descansa na avenida.

Prevejo:
lhe acertará um carro
ao verde do sinal.

Mas inútil é demovê-lo
do ninho de sangue
que em socorrê-lo
eu descubro:

está perdido o poema,
esta causa perdida.
Algo o feriu muito antes.

Em repouso no asfalto
à espera da morte,
ô gesto ingênuo,
gesto em vão

se o transfiro à calçada,
ao pátio do comércio!

Cruel esse gesto:
sobre azulejos
morrerá tarde
e com mais dor.
Mas o poema será visto.

Ao pátio alcalino
da página virgem,
apartado do asfalto
e da algazarra das máquinas,
colhido em vão,
só aqui
seu sangue suja,
e é solene
e sagrada
toda gota.

Salvo-o.
A escolha
não cabe a mim
do que recolho.
São
ou ferido,
se recolhe em vão
todo poema.

*

Que ao último dia
do último homem sobre a terra
esteja o poema, esse deus
esquecido.

Estranha espécie
de homem feito
de amor
e de treva
deve ainda surgir
(pois que não há)
se se quer que ali
(último homem,
último dia)
lhe esplenda o poema,
esse deus
renegado.

Deve ainda nascer,
pois que não há.
Que não lhe abandone
o poema.

E nesse voto
impossível,
nesse remoto desejo
de que olhos
o testemunhem,
de que algum verbo
o desperte, homem-
amor,
homem-treva
de nascimento
inatural
(minha estranha
utopia),
vivo

certo
de que cada manhã
ainda não deve ser
a última,
e de que algum poema
ainda restou por ser escrito.

uma doidinha

Bem cedo aos sábados, uma doidinha
reincidente (como o carro do lixo)
e ligeira (feito ambulância)
passa à rua.

À beira do rio de asfalto
que a suponho cruzar
sozinha em zigue-zague
(apenas suponho,
pois que nunca a vi)
esse timbre antigo de lavadeira
(voz de café fresco
e de folhagem seca)
talha o ar quase palpável
da manhã mal começada.

São seis, são
seis e meia,
e que um certo vagabundo trabalhe
ela ordena berrando
seu refrão insistente
(ao filho morto talvez,
ao filho ausente,

quem sabe ao traste
do marido assassinado).

No entanto,
não acolherá ninguém
a sua ordem,
pelo menos
não agora:

o furor de periquitos
nas folhagens
não lhe sente,
o sono sem sonho
dos prédios
nem se atina

que é sábado,
é cedo,
e que uma voz ferida
de lavadeira
rasga a manhã
com o metal da loucura.

canto interdito da infância ao homem de trinta anos

A paisagem é predial, presumo,
como de costume é
quando puxo as cortinas,
afinal
não fugiriam da rua
tantos prédios
na intenção
de me enganarem.
Mas esse amarelo puro
solene inocente
(das seis horas, talvez)
e esse alarido de aves
(há mesmo aves na cidade?)
me sugerem
que atrás da janela
e suas cortinas,
o que rutila
não é hoje
e o que chilreia
não são aves,
mas a infância
e suas manhã de leite, Toddy
e sagu.

Sim,
descortinada a janela
a manhã é doce,
como há muito não fora,
mas não é outra
que esta,
e não de anos
atrás.

Não deveria ser doce a infância
a um homem de trinta anos,
e no entanto
nesse instante o é.
Não deveria ser doce
pois que entre entulhos
e caimbés
não foi doce,
ou foi
e eu não soubera?

Manhã de uma pureza quase indígena:
não perfumado ainda
o ar de madeira e água
(o cheiro específico
que assumiria a casa
em anos posteriores)
mas certamente
uma manhã
de caimbé

e cimento
e tijolos,
odorando a alguma coisa
não água, não madeira,
mas certamente um perfume
complicado, difícil,
de igarapé e mato
de caimbé e tijolos
cimento fresco
e pão.

Não, é cedo ainda.
Não se deve cantar
a infância que não se amou, mas
te apruma:
a criança que foste
se levanta
e se arruma pra escola
a esta hora,
e tomará ainda o seu café.
Não a interrompa.
Não a atrase.
Tampouco a dissuada
da vida que a espera.

Nem é teu direito agora
ser
em retrospecto
outro

senão aquele que foste.
Esta criança,
tua criança,
não está aberta a revisões.

*

E se adensa,
ao fim do dia,
um dilúvio de tardes
rasgadas:
não resta outro
que o destino
do naufrágio
de salvá-las.

marco primeiro da tarde

Assim ela olha a feira
que já declina:
de longe, enfastiada.
E come, sem muito interesse,
como se fosse banana
um pepino inteiro.
Já lhe chegou à metade.

É estranho que venha
assim tão cedo
(e não é nem meio-dia),
pois faz-se ser vista
quase sempre
lá pelas quatro,
varrendo calçadas vazias
e entradas de igrejas
que não frequenta.

Como os muros antigos de amianto,
é agente da tarde essa doidinha.
Agente da tarde
como máquinas agrícolas
ao sol nos pátios,

como galpões de lojas de construção,
como as ferragistas, pintadas sempre de amarelo,
e que aparentam cansaço ao pôr do sol.
Agente da tarde
como os distritos
industriais,
como os lotes baldios
onde entre entulhos
e calangos
vem a tarde
dizer seu nome.

É sua agente
essa doidinha,
e em seu favor hoje intercede.

Segundas, terças, quartas,
a semana inteira a tarde consente,
sob a sua majestade,
que os homens merquem.
Mas hoje a tarde quer ser inútil,
por inteira inútil,
e a hora ela mal espera
de apenas meninos
e cães
em seu bojo.

Nesse domingo de feira,
rompendo acordos com a manhã,

do murcho que resta e se negocia
a tarde resolve não começar.
Um marco puro,
não mercante,
ela exige por começo.

No bagaço
das folhas
sob as barracas,
no indisfarçável azedo
dos tomates não vendidos,
na água que resta
dos coentros que já se foram,
ela não quer ter seu início
assim dos restos da manhã.

Mas é sua agente a doidinha:
hoje por ela intercede,
e será seu epicentro.
Não varre,
não compra,
nem vende;
hoje só come um pepino
e sonda a feira à distância.

Silenciosa,
se lhe reparam
dirão que é nada,
mas tem-se aqui

um marco puro,
ao gosto da tarde.
Quando esta começa,
isso é assunto de ninguém.
"Ao meio-dia",
"depois do almoço",
nunca se sabe.
Mas hoje,
no mascavo do corpo da doidinha,
rompendo acordos,
eu sei que a tarde então nasceu.

é morto o menino

É morto o menino que fui,
mas nem por isso aboliu-se a infância.
Sobre os escombros da minha criança,
naturalmente passeiam meninos.

E quanta cor, quanto finto matiz
guardarão da tarde que aqui vejo insossa!

No mesmo muro da escola,
sobre outra pintura de flores,
casas, riacho e bichinhos,
o sol das cinco bate igual.

Mas hoje eu sei que, por alguma soma,
trabalhou alguém este modesto idílio.
De seu autor, nome e contato
restam ao pé de alguma rama.
Antes, do muro nascida
feito algum musgo, se chove,
converteu-se a pintura
em serviço prestado.

E se desperta interesse ainda tudo isso,
é porque o sol ao muro impõe castigo,
e se à sua vista hoje eu imagino coisas,
é que fantasio, sob a pintura nova,
múltiplos anos e restos de infância
justapostos em palimpsesto.

Tarde isenta e transparente da adultice,
tarde terna em tintas tenras da infância,
que tarde é esta,
se é nada
e tudo
ao mesmo tempo?

Decreto:
Esta é uma tarde
do passado.
Esta é a tarde de alguém
na infância.
Esta é a tarde da infância de alguém.

Atento ao garoto
entre garotos que passam,
reconheço:
é dele a tarde.

Sou um pedestre sem rosto e sem nome
na futura lembrança daquele menino.
Não me iluminará, como esse muro,
o sol inexato de sua memória.

e desconheço os teus perfumes

Aquela tarde era somente aquela tarde,
e começava com o cheiro
dos cabelos de minha mãe.

Tarde maior que eu
(como eram todas à sua época),
não era uma data, um dia 12
do mês 10, por exemplo,
nem mesmo um dia da semana
(embora eu acho
que fosse terça).

A tarde
era só aquela tarde,
maior que eu, inclusive.
Não fui seu dono,
e por isso hoje sei:
me pertencia.

Em seu flanco
não se sentia
a sombra da tarde
passada,

nem as costas
da tarde futura
se achegavam às suas.
Era só
somente
aquela
tarde,
e começava com o cheiro
dos cabelos de minha mãe,
com a fragrância
elementar
de seu creme hidratante.

Mas que depois se somava,
uma vez na rua,
ao cheiro de outras mulheres
à espera do mesmo ônibus.

E o vento da tarde então,
que hoje é apenas
seco, se agosto,
e benfazejo, se março,
mas que ali eu chamo
"da tarde",
me trazia
sobre a sujeira
do terminal
onde descíamos,
uma mixórdia fresca

de fragrâncias
de mulheres:
cremes pra cachos,
loções humildes
com cheiro
de “serviço”,
de “trabalho”,
de “entrada às quatorze horas”,
o mundo vespertino do trabalho
em shoppings, escritórios
e empresas de telefonia
me chegava do corpo
dessas mulheres
mas também do fundo
de suas bolsas,
onde as tardes se acumulavam
num cheiro suado de moedas
e de cédulas encardidas.

* * *

Hoje diviso
ao longe
o destino final
daquele passeio:
um shopping,
sultão da tarde
de minha criança,
hoje local convertido

em ponto
entre pontos em rede
no meu olhar
cartografado
de adulto.

Sultão da tarde,
e hoje um ponto
no mapa mental que montei,
ano a ano,
de minha cidade.
Vejo-o como todo adulto
vê uma rua,
um quintal,
ou monumento
conhecidos:
considerando
o que há
no fundo,
nos lados
e nas imediações.
(Cartografia
que se perde
se se viaja
a uma cidade desconhecida,
onde o olhar se despoja de mapas
e subitamente torna a ser vassalo
do espanto.)

E hoje venho,
em nome de antiga vassalagem
do menino com o espanto,
evocar os humildes perfumes
da tarde
morta
e no entanto
maior que eu.
Devo evocá-la,
a tarde morta,
em seus perfumes
de vinte e dois anos de história,
em favor da tarde
viva
agora
aos meus pés,
entre minhas pernas,
dentro de minha boca
— tarde ainda por valer,
pois não lhe tocou o verniz
de passado.

Tarde nova,
mas a caminho
de pretérita,
tateio-te:
algo de ti
será chorado
anos mais tarde.

Não sei que é,
mas está aqui,
agora,
entre o que vejo,
e desconheço os teus perfumes.

a tia consuelo

Na panela,
uns nacos
de abóbora
com cheiro
de sol.

(Uma comida de cheiro
sempre muito amarelo
ela cozinhou.)

E assim a tarde
se abria
adorando
ao coentro
e ao cominho
do seu almoço.

Ao meio-dia,
a tarde recém-
nascida
cheirava a abóboras
no fogo.
Junto ao arroz,

o feijão
e a “mistura”,
eram nacos de sol
o que se comia
naquela casa.

imitação da crônica

Ela eu sei que me quisera vender,
certa vez, ovos de Páscoa caseiros
que eu fantasiaria, por gosto,
serem feitos à tarde.
E dela eu sei que,
não fosse agora a chuva,
é certo que ao seu portão se veria,
como sempre, em cartolina:
VENDE-SE GELADINHO
ou outra coisa anunciada à mão,
cursivamente, em canetinhas coloridas.

Qualquer outra coisa,
mas feita à tarde, é claro
(assim arbitro, assim fantasio).
Alguma outra iguaria que eu levasse
no engano de auscultar
— nos sulcos do chocolate,
na calda da fruta,
ou no crocante da castanha —
o tilintar da louça que se lava após o almoço,
uma conversa de cozinha,

um café que goteja no coador
e outros rumores de uma tarde inventada.

Mas o que dela
de fato eu ouvi
foi sem preparo,
não foi buscado,
não foi tarde inventada
nem mesmo ouvi no chocolate,

mas disse ela própria
à amiga com quem bebia
quase à hora do almoço,
entre malandros aposentados
e alcoolistas jogando cartas
num boteco de má fama.

Passei à calçada no justo instante
de recolher o que ela disse
depois talvez de muito evitá-lo.

E foi num português
quiçá moldado por anos
ao lirismo nulo de dizer do leite,
da carne e da farinha em promoção,
com esse português
dando suas voltas
de celofane e teflon,
numa súbita incumbência
de lirismo é que disse:

"... ninguém entende o amor
que eu sinto por minha mãe.
Nem ela sabe o amor
que eu tenho por ela."

Ouviu-lhe a amiga,
mas também eu
e quiçá os quitutes,
as salsichinhas mini,
os feijõezinhos enlatados
expostos nas prateleiras.

O jogo de cartas
dos malandros velhos
nem se doeu,
mas recolheram as paredes
(assim enfeito)
a ternurinha suada daquela confissão.
Ficou nelas feito o cigarro,
a pinga
e o cheiro dos homens
que ali se encostam.

E assim me fui, satisfeito
em finalmente reter
— feito as paredes,
os chocolates
e os geladinhos —
um rabicho de vida
que não é minha.

miniatura da tarde

Visto de perto
no reflexo da aliança,
meu quarto é transmutado
como ao toque do rei Midas.

No encanto da cena
quase sépia,
num gosto de tarde
lavada em camomila,
o ventilador no entanto
gira igual:

nesse duplo solene de meu quarto,
nesse duplo de luxo,
ei-lo blasé, indiferente
em sua marcha de tédio
e seu jugo de sono!

Ao ouro da tardinha
miniaturizada,
incrustada no dedo,
entrevista na aliança,
reconheço-o:

ventilador banal, mas sincero
com o seu recado:
o de que a vida é rotina,
e a beleza
distorção.

um vidro amado pela tarde

Que a casa há anos não via gente,
assim nos pareceu.

As vidraças, todas sujas
quando praqui mudamos.

Em umas, algum antigo inquilino
até pregara alumínio.

Janelas de correr
com basculantes…
todas imundas.

Na do quarto,
o basculante à esquerda
era
(e é ainda)
emperrado,
dificultando assim a limpeza:

a mão deve torcer-se para fora
num gesto incômodo,

pois só de fora
se limpa o vidro.

Na divisão das tarefas,
coube a mim
limpar as vidraças.
Mas já se vão quatro anos,
e isso eu não terminei:

ficou sujo,
no quarto,
aquele vidro emperrado,
por onde a visão da tarde,
assim empoada,
faz-se mais verdadeira.

Entre nós motivou
aquele vidro
alguns atritos.
Coube a mim limpá-lo,
e sempre o quis sujo.

E sujo está, ainda hoje,
como um sinal da tarde
sobre as janelas.
Como um resquício
de seu hálito,
de seu rumor fabril
de caminhões

tremendo os vidros,
como um sinal
de sua doce
metalurgia
de tarde
anil
sobre as vidraças.

Porque a tarde lambeu
amorosamente
aquele canto de vidro
como se fora a sua cria,
e bafejou ali os seus metais.

Um vidro sujo, filho da tarde,
assim defendi que restasse.
Sinal da tarde sobre a janela,
sinal de sua terra,
de sua poeira,
do trabalho
de seus caminhões
pela avenida.
Sinal de que a tarde
é mais que um nome,
mais que um conceito,
mais que invenção.

Um vidro amado pela tarde.

o sol da tarde

Inevitavelmente o olhar escapa ao fundo:
quintal mole às quatro da tarde.
À frente um tapete, um gato,
e ao rés da câmera (que não se vê)
uma taça de vinho
apoiada no chão.
Tudo somado, vejo que a foto
apenas parece ser espontânea.

No entanto o olhar escapa
da barriga do gato ao muro,
à preguiça do verde em desordem.
(Faz calor ali certamente).
(Tudo é mole no quintal mole,
talvez chovera ali pela manhã).

Fugido assim o olhar explode
no que foi
ou não
ou poderia a tarde:
algumas quadras adiante
desse muro
mole

de chuva,
talvez ele dormisse.
Num prédio não genérico
(porque existe
e nele um ano vivemos)
talvez suado, talvez de bruços,
escancarada a janela
ele talvez dormisse
se ainda morasse ali.

Lá, vê… um lençol esvoaçado
preso a um canto da janela
se fazia de cortina.
Às três da manhã ou
às cinco da tarde,
ao pé da janela
eu vagueava o mundo.
Demora o olhar
agora que não há nada:
(lençol de arabescos vermelhos
trespassados pelo sol
que assim tingia a cama…)
certamente agora o sol é livre
e castiga paredes já sem marcas.
Demora um pouco nos corredores:
vê que o sono dessas paredes
não mais reconhece a sua vida.
Mais uns meses talvez,
no chão em que nos amamos

talvez se ame outra gente,
talvez com outros gatos
se ocupem as mesmas janelas,
transbordarão os cômodos
de uma vida que não é nossa.

E de escapado o olhar
assim, por tanto tempo,
retoma o olhar a foto:
gato
quintal
tapete
vinho.

Soubesse o corpo
(não só os olhos)
o escape definitivo
deste quarto que gela
a um oceano de distância.
Entre móveis talhados
ao mesmo gosto antigo
dos bibelôs que me encaram,
soubesse o corpo, não só os olhos
diluir-se atrás do gato,
sumir ali depois do muro,
a algumas quadras de distância
da foto (minha mão a segura)
do quintal em que nos casamos,
soubesse o corpo o salto

do tempo
a essa hora inventada:
(são quatro
são três
são cinco e meia?)
você dorme
e os arabescos do lençol
que prendemos na janela
te iluminam vermelho
ao sol da tarde.

marmoraria

A vendedora expunha as medidas da pedra,
a espessura, o corte, o desenho dos veios,
mas da marmoraria à entrada
adiantei que a tarde era insossa.

Retalhos de mármore como amostra.
Plantas sonsas. Catálogos.
Um aquário ao canto
esconde um peixe entediado.

E então, por praxe de venda,
eis que aos fundos do negócio
a moça convida, onde as pedras
a céu aberto se dão inteiras.

Adiantei que a tarde era insossa, e não foi:
me reservava ainda um gesto invulgar.

Pois que ali, no quintal,
à luz cansada da tarde eu vi,
realizado,
que é sem pompa,
sem luxo

e tão sem cerimônia
que os homens ferem os mármores
que um dia eu sei que os sepultarão.

após um poema de thaise monteiro

Leio “mortos”,
“escura tumba onde jazem”,
e me detenho.

Sinto
(mais que entendo):
lugar temido,
lugar amado,
e no entanto ali
nunca estarei,

mas sim esta boca,
estas mãos,
estas pernas,
tudo de mim
que não eu.

Mãos, boca, pernas
que agora enfim
eu afago
compadecido,
invejoso,
e enternecido

de que estarão
sem mim
numa tumba.

E eu em parte
alguma.

frente ao espelho, numa tarde

Assim quis não morrer, não me matar.
Isso faz anos, já, aos dezenove…
Frente ao espelho, numa tarde, eu quis
saber o rosto que eu teria velho.
"Não abreviar meus anos de vida",
"não mais voz ao desejo de morrer":
decidi perder a cara de moço
por um rosto que a noite visitou.
Num mundo de pouco ou nenhum mistério,
envelhecer seria a novidade.

alguma coisa

Amanheci com uma preguiça enorme
de agir conforme a minha história,
de vincular-me aos anos precedentes.

Uma preguiça intensa de ser eu,
de dizer-me, de proferir um juízo
que seja meu.

Hoje eu quero dizer
ao menos uma opinião
que não a minha,
ou melhor,
dizer nenhuma opinião:
está em paz
quem não se diz.

E então as plantas na calçada
(daqui as vejo)
estão em paz,
pois não emitem
juízo algum,
mesmo se as pisam.

Quero a paz de ser o mato sonso
grassando entre as mudas
que uma tia
numa tarde
plantou.

Mas temo
que a calmaria de tocos,
mato e terra que ali vejo,
esconda um colóquio
vegetal
silencioso.
E nesse,
também nesse
eu não tomo parte.

Está em paz então
quem não é nada?
Não.
Temo que morto,
mesmo morto,
eu não cesse
de ser
alguma coisa.
Uma vez inventado,
uma vez nascido
— que inferno! —,
não se cessa
de existir.

entre velhos cadernos de poesia

De vez em quando Deus me tira a poesia.
Olho pedra, vejo pedra mesmo.
ADÉLIA PRADO

"Reino de nomes revisitado,
ruína de nomes",
talvez às dez da manhã
de uma manhã em 2012
valesse o verso
alguma coisa,

ou melhor:
2009,
"amarelando frutas,
revoando risos",
às cinco da tarde quem sabe
um poema era algo.

Um rosto sírio
"aos vinte e sete anos",
onze da noite, 2016.
Ali triunfa
o poema?

Ou ainda às sete,
às dezessete
em 2005,
2003,

numa arrelia adolescida
de adjetivos sem critério

ali sim
um poema era tudo,
inclusive o mais malfeito,
escondido num caderninho escolar
entre outros cadernos,

pois que o julgava capaz,
pro bem ou pro mal,
de eriçar as coisas
feito o sopro de um feitiço,
ou de encerrar uma verdade
a mim segregada
num sopro do mundo.

* * *

Chegado o poeta
à idade do desencanto,
o teto
é o teto,
o chão é o chão,

e entre um e outro
mal treme a sombra
de um desejo.

Um horizonte vespertino
de janelas aburguesadas
testemunha esta verdade:
nenhuma.

Se cala o mundo ao poeta,
não agora,
mas sempre:
em verdade
coisa alguma lhe disse.

Ao sopro bárbaro
da vida
ele entende:
não houve
jamais houve
um sopro,
sopro algum,
que a vida é crônica
nenhuma.

poema da flauta chocolate

Como vizinhos de porta,
é natural que entre o meu
e o seu
apartamento
se estabeleça
algum
escambo
ou simples troca
de mantimentos:

3 limões
de lá remetidos
às 10 da noite,
2 pães
daqui enviados
às 10 da manhã,
um quê de farinha
que de lá acode
o meu almoço,
daqui um bolo
que lhe sirva
ao lanche das 5.

Mas, uma tarde,
bateu à porta
a minha mãe
trazendo uma flauta
simplesmente.
"Achei no vão
do guarda-roupa.
Não tinha visto.
Agora é sua."

Visto que todas
da sua espécie
soem ser bege,
empolgou-me
de cara
aquela flauta
chocolate.

Me imaginei,
de pronto,
com ela
aboiando
o açúcar
da tarde:
um artefato
de atrair
pra mim
todo o seu açúcar.

Faria de mim
aquela flauta
um resto
de café
adoçado
no copo
(se não lhe misturam):
puro doce
no fundo.

Daqui da sala,
mediante o sopro
em seu corpo,
me chegaria
o açúcar
de tanta coisa
de tanta gente
ao redor da janela,
aos meus pés
atraído:

o açúcar
franco e fácil
dos tubarõezinhos
de pelúcia
e outros bichinhos
da moda
à venda na esquina;

o açúcar
dolorido
e pouco
da tia das petas
e dos pães caseiros
vendidos no sinal;

o açúcar fresco
das goiabas
(sempre orvalhadas
mesmo se é alto o sol)
e das bananas
que o moço vende
sob a palmeira;

o açúcar
evanescente
do algodão-
doce
que o homem
oferta
triste, bisonho,
passando entre os carros.

Eu, com a flauta,
aboiando o açúcar
da tarde
todo
pra esse
poema.

Mas não deu tempo.
Confiscou-a o meu marido
em favor das crianças
do consultório em que atende.

E assim se foi a chance
de que esse fundo
de poema
se açucarasse.

Resta esse travo
bobo,
esse despeito
tolo,
essa invejinha
ingênua:
ficaram
com a flauta
as crianças.

Justo com elas,
as donas
de todo
o açúcar
da tarde!

após um ano

Após um ano em que os vira de longe,
do portão apenas
(em restrição motivada
por razões sanitárias),

visitei a casa de meus avós.

Intuí que de perto
surpreenderia a velhice
haver-lhes cavado
novos sinais.

Mas recebeu-me a avó
com a mesma pele, o mesmo viço,
os mesmos cabelos,
recebeu-me o avô
com o mesmo sorriso,
e o ombro em que pendura a camiseta
pareceu-me rijo como sempre.

Intuí que de perto
um ano ao corpo
se fizesse ver.

Mas foi na cozinha,
entre utensílios
é que de fato ele esteve.

Não poupara o tempo os talheres, os pratos,
nem mesmo as bocas do fogão.

Estas,
no entanto,
parecem em paz
com sua ferrugem.
Entregaram-se ao fogo
e à gordura
serenamente
também as panelas,
pois

tudo se dá, tudo se entrega.

Mas um corpo vivente
rejeitará o tempo
até à morte.

O sol recai naquela cozinha
pela tarde, sobre o fogão,
talvez um pouco sobre a pia,
e tudo envelhece amorosamente.

Mas o corpo, em desespero,
compensa danos.

A cada café coado,
a cada arroz cozido,
a cada chá requentado,
aquele bule,
aquelas panelas,
aquela chaleira
consentem ao fogo
e aos fluidos
o direito de intervirem.

Mas resta a um corpo, coitado,
feito o meu
ou feito os corpos dos meus avós,
até o fim de seus dias
pelejar com o tempo
e postergar a morte.

caso da joia de ester, minha avó

A tarde é eterna.
Isso exige compreensão imediata.
Tentá-la já é perdê-la.
JOÃO PAULO PARISIO

Pela tevê do quarto,
a moça dardejava
o seu bordão:
"Lindas joias,
liiindas joooias!"

Era sempre após o almoço.
E parecia durar mais que uma hora.
O torpor da tarde
lhe encompridava a duração.

A velha Ester, minha avó,
de uma as duas
se recolhia ao quarto,

e um tanto por tédio,
um tanto por esporte,
mas também por devoção
(assim eu soube mais tarde)

a sua sesta
era naquilo investida:

após o almoço, a tevê
sempre no mesmo canal,
naquela mesma ladainha.

A voz argêntea da mocinha
em seu anúncio
sem fim
de pedrarias
enfurecidas...
Anéis de brilhante,
aparadores, alianças
em modelos de mão
sempre solenes...

Dormia a avó
um sono ruim
ao som da venda das joias.

Não julguei que ali houvesse
algum real interesse,
e sim um estranho passatempo.
Mas tarde após tarde
(assim eu soube
pelo que logo se deu)
o bordão da mocinha
a consumia
alimentando o seu desejo.

Porque à custa
de lá sei quantas prestações,
dera seu passo adiante
a velha Ester, minha avó:
encomendou enfim
uma aliança.

Uma aliança que veio
pondo final cruel
a uma espera
devotada.

Chegou
ao fim de uma tarde,
com o moço do correio:
uma aliança outra,
trocada,
um pedido errado
(eu não me lembro),
ou simplesmente
a mesma aliança,
a mesma vista na tevê,
mas já não mais tão bonita.

Tanta festa fizemos
à sua chegada,
e minha avó
tanto teatro,
tanto fingido gosto

depois de aberta a caixa.
Nem deu vazão ao seu desgosto.

Hoje ao pé da janela,
tal como Ester pelas joias,
eu me ponho pela tarde:
por tédio,
por esporte,
por devoção.
Mas devoção precavida,
ressabiada
escaldada
pela lição de desejo
da minha avó.

Lindas joias, linda tarde.
Cada esquina imaginada
rende um sem-fim de novidade,
mas aqui dentro.
Estará sempre além do que penso
a tarde, se não vivida.

Vejo-a assim aos pedaços,
entre as cortinas
recortada.
Sei que buscá-la é perdê-la.
E o trabalho das nuvens
estende formas
inalcançáveis.

bonitinha

Minha gata,
a Bonitinha,
mordiscava
por tédio ou pirraça
os livros mais baixos
na minha estante.

E não só:
naqueles sozinhos pela casa,
seu tédio dentado espraiou-se sem dó.

Foi em 2017.

Uma irritação crescente eu nutri por ela
a cada exemplar marcado por seus dentinhos.

Um dia, no entanto,
cessou-se o hábito odiado,
após que a peguei no ato
uma ou duas vezes,
e lhe fiz um estardalhaço.

Hoje o sinal daqueles furinhos,
se revisito algum livro que os tenha,
me desperta emoção diversa:
lamento
não a ação dos dentinhos
(pois nem fizeram perder livro algum)
mas que serão, sobre a terra, em questão de anos,
o único sinal de que viveu Bonitinha.

favas

Essas favas cozidas
têm o cheiro de Suzy.
Cozidas assim quase puras
sem nada de tempero
à parte o sal,
empapadas no escorredor
dentro da pia,
levam essas favas
o cheiro de Suzy,
ou melhor,
das orelhas de Suzy
quando era tempo
de tomar banho.

Debaixo da orelha,
a pelagem branca
se encardia
não de terra,
mas de um vermelho
inexplicável,
e cheirava bege
feito o bege dessas favas,
e rançoso

tipo travo de caju.

Tarde quente em 98.
A água
e o sabãozinho infantil
escorrem no cimento.
Duas poodles se secam
ao vento no quintal.
É Suzy
a branca,
é Fany
a bege,
são filha e mãe.
Resta num canto
dentro de um saco
o chumasquinho vermelho
tosado antes do banho.
Faz sol
e vento
em 98,
e da água turva
escoada no cimento,
da pelagem movente
que se seca ao sol
resta um cheirinho
difuso e vago
de sofrimento:

o bege das favas
o bege do cheiro
de fundo de orelha,
que resta de Suzy
na tarde que passa?
Late seu nome
sob um jardim de cactos
à espera da idade
em que leve a chuva
seus restos
em direção ao riacho
(o mesmo onde
quem sabe
terminou sua mãe
muito antes,
pois que um trator
revolveu a terra
sob a árvore
onde a enterramos).

A tarde passa,
é 2018.
Sobe o cheiro das favas.
De Suzy não creio
que o chumasquinho de pelos
(talvez meio vermelhos)
guardados por minha mãe
sejam ainda capazes
de algum cheiro.

(A tarde passa, é 2018).
(Faz sol ainda em 98).
(Debaixo daquela orelhinha
lavada
rescende
um cheiro de infância
e de aflição).

poema tirado de uma postagem do instagram ou comentário de um funeral

Envenenando a janta,
decidiu morrer
levando a esposa
e os filhos.

Dos quatro à mesa,
só ele soube
que era solene o instante,
pois que atendia à morte.

E assim cabe à morte
— sorrateira
divindade —
operar tantas vezes
sem prévio anúncio,
e presidir seu rito
sem que em nada
lhe suspeitem.

Sorrateiro também,
no entanto,
é o poema, esse deus

banido,
mas
maior,
mais nobre,
pois,
sem ser quisto,
sem ser buscado,
atua
ainda assim
em compaixão
de quem não o chama.

Vejo esta foto,
de um funeral
outro
que o do pai
suicida
e sua família
assassinada,
a foto
do funeral de um cão, e penso:
não só a morte aqui comandou.

Um cão ricamente
em seu esquife.
Um cão "coveiro",
como disseram,
pois desde o enterro
de sua dona,

tomara
por casa
o cemitério.

Se foi feliz
esse bicho
em seus dez anos
de pás
e de tumbas,
não sei,
mas é certo que algum alento
àquela gente ele deu,
pois
num "gesto de gratidão
pelos momentos
de alegria"
(assim disse um jornal),
"os funcionários
do cemitério
prepararam
um velório".

Mas vejo que é outra a razão
— porque deve ser outra —
a do caixão com flores,
da coroa de rosas,
de toda a ideia do velório:

comandou-lhe o poema,
esse deus
desterrado.

Atuou sem ser visto,
sem ser buscado,
sem ser chamado conscientemente,

porque entende
que lhe suplicam
os que pedem
justiça
e explicação
pelas coisas
e pelos seres
desfeitos;
interveio
sem ser invocado
o poema
porque sabe
que a ele sucumbem
os que sucumbem
à ternura,
à ternura
sem motivo
pelo mundo;
o poema sabe
que a ele se rendem
os que se rendem

ao poder
imenso
maior que a morte,
de tudo aquilo
que não tem preço
e que no entanto
entre a gente
nada parece
valer.

O poema, esse deus
humilhado,
comanda este funeral.

poema da tarde total

Houve um poema.
Perdi-o.
Perdi-o
(como tantos)
em busca
das palavras
que o dissessem.

Tantos poemas perdi…
Tantos poemas perdi assim.

Mas aquele,
perdi-o
em busca
em espera
da cadência
exata,
do ritmo exato,
e do léxico exato
da tarde
a ser dita.

E começava assim:

Junto ao muro e as ramas
do quintal cimentado,
às 3:
(das três horas, quisera escrever)

um cão ao sol,
um cão de sol,
um cão de cobre
exubera a tarde.

E houve também Realeza,
uma cadela dachshund
da minha avó,
tornada macho no poema
porque achei *cão,*
a palavra *cão*
mais curta
e mais vermelha.

Também a perdemos,
a Realeza.
Mas isso foi anos,
anos após o poema
que não se fez,
e que assim continuava,
não mais dizendo de Realeza:

um punhadinho de nuvens cobre
e descobre o sol.

(a hora era menos ingênua
do que a pintura)
Alta tarde
nos musgos do muro.
Alta tarde
na mesa da copa:
(piedade pelo muro
musguento
e pela copa
ensolarada
da casa de minha avó,
assim
canhestramente
solenizados)
bordões chocolate de violão
e o papo dos garotos
lá longe
(os invento à pracinha)
edulcoram-lhe o azul.

(de tanta coisa inventada
era feita tarde,
já que eu não a vivia!)

* * *

Houve um poema.
Perdi-o.
É morto o poema.
É morto
porque demais
à espera
de um léxico
todo sol,
todo sílabas
de sol
que dissessem
de Realeza
e sua pelagem
de cobre
reluzente
ao sol da tarde
total.

É morto o poema
porque mal-nascido.
Digo que *houve*,
digo que *houve um poema*,
mas não houve,
sequer existiu
pralém do croqui.

Mas Realeza houve.
E deixou de haver
numa tarde

ou noite
ou manhã
que eu perdi:

casualmente
de visita
aos avós,
era um silêncio o quintal.
E usando da mesma
neutralidade
com que se explica
um vão
estranho
que era apenas
onde
antes
se achava um sofá,
assim me contaram
de Realeza
que morreu.

* * *

Não se perturba
jamais
o corpo
de um poema
natimorto,
não se viola

jamais
a carcaça
de um poema
que se perdeu,
e eis que os frágeis
ossinhos
de um
poema
tosco
eu convoco,
exumo
e reenterro
em outro posto,
num posto
indevido, interdito
— esta
folha
não de velho
caderno,
não de rascunhos —
porque em seus ossinhos
de poema
menino
está
Realeza,
a matéria
sobrante
de Realeza,
porque aos seus ossinhos

de poema
criança
misturaram-se os ossinhos
não enterrados
do *cão de sol.*
Devo invocar
a carcaça de um poema
defeituoso
(cão ao sol
cão de sol
cão de cobre exubera a tarde)
porque invoco a carcaça
de uma cachorra
enterrada
em parte alguma
porque virou lixo
hospitalar.

Se pouco é
se pouco pode
um poema,
no entanto
um poema
tudo é
em seu desejo.

E este
agora,
feito novo

da carcaça
do antigo,
prescindindo
do ritmo
da cadência
e do léxico
adequados
ao rito
que preside
miseravelmente,

este poema quer,
deseja,
e arrisca
o feitiço
impossível
que converta
um bairro,
este,
uma tarde,
esta,
no cemitério
de Realeza.
De Realeza
lixo.
De
Realeza
ininterrada.

Um feitiço,
este,
aqui:

Este bairro,
esta tarde:
o cemitério
de uma cachorra.

lápide primeira

Às sete,
ou sete e quinze,
gira a esquina um carro
e acerta um gato.

Por dois minutos
(ou três, não se sabe)
deu-se, impreparado,
na sarjeta, o rito de morrer.

Talvez fosse a morte
solenidade demais
para um gato de seis meses.

Quiçá preparar-se para não existir
lhe fosse apenas demais.
Até às sete e catorze
(ou seis e cinquenta e nove,
se fora mesmo às sete
que lhe abatera o carro)
era ele

gato
pontual
ao crepúsculo
(hora da ração
na esquina oposta ao mercadinho),
ou ainda

corpo singelo
e quente
em expansão.

Lágrima alguma
por
tumba nenhuma
para

bicho
sem nome.

Absolutamente só
se entendeu
com a incumbência
de morrer,
gato
pontual ao crepúsculo,
tão cedo encarregado
de sumir.

Até as sete e pouco
era corpo em expansão,

mas ainda depois
de outro modo o foi.
Ensacado
talvez
entre frutas podres
(refugo invendível
da vendinha ao lado),
sim, ele ainda cresceu.

Entregue à noite,
o corpo adolescente
do gatinho recém-morto
se expandiu francamente.

Mas também agora,
sobretudo agora, porque
corpo
morto
(não fresco
mas solene,
irrecolhido,
irrecolhível)
ele incha
(jovem monarca
suntuoso,
em triunfo)
ao franco sol
do meio-dia,

tão jovem
tão sábio
(mais que eu)
pois que
aportado
já
tão cedo
e tão sem talento
ao reino
definitivo
de morrer.

Lágrima alguma, tumba
nenhuma?
Aqui,
toca:

o poema, essa
cova.
Meu verbo, essa
vala.

vendedor noturno de balões

Após que a tarde se combusta,
a luz das varandas ao longe
é que lhe deve impor
aquele ar de colunável,

mas imagino que o parque, coitado,
involuntariamente socialite àquela hora,
receba com alívio este imprevisto:

um vendedor noturno
de balões iluminados
lhe atravessa o jardim ralo.

Por ordem de meu desejo
se anula
toda luz
que não aquela:
fria luz de balões que se afastam,

pela qual a vista,
não mais terrestre, não mais burguesa,
agora é marinha e abissal.

Nesse breu
feito breu por meu desejo,
como se vê
nos ínferos da água
o milagre
traiçoeiro
de uma luz,
assim a vejo.

E minha atenção,
este peixe ingênuo,
nela se consome:
luz não de homem
com seus balões,
mas da Noite,
da própria Noite,
da boca da Noite,
esse outro peixe
abissal
que me aguarda
aos pés da luz que porta.

Outro peixe abissal.
Um peixe incontornável.
Mas que ora eu evito,
malgrado o fascínio das tocaias,
pois deve ser outra, muito outra,
a hora e a vez da Noite
em um poeta.

poema procura poeta

O poeta esquecido de poesia
vê que os pés do marido
escapantes da cama
no quarto iluminado
a uma da manhã

são o poema.

Vê
que o apartamento
esquecido aceso
num sono impreparado,
e que esse intervalo
em que a vida não é drama,
e não nos vê passar ninguém
do quarto à cozinha
em nome da sede
a uma e três da manhã

são o poema.

O rumor dos ventiladores
protagoniza algo

nesse poema
vazio de assunto
e todo prenhe
de circunstância:

o piscar de olhos
dos gatos que buscam sono,
animais noturnos
à revelia do instinto
a uma e cinco da manhã:

o poema:

essa concha
banal
de banalidades
quer estourar a noite
(esse septo entre
uma conta
e outra,
bolsão de ar
entre um boleto e outro):

Poema vazio de assunto
poema todo circunstância
procura poeta
a uma quinze da manhã.

Dorme conosco a cidade inteira?
Esse rumor de ventiladores

protagoniza algo
exatamente agora:

a poesia.

no teto

Os carros da avenida passam
e por aqui, num átimo,
escorrem no teto as luzes
de seus faróis.
No limiar da parede, um a um,
os feixes morrem
de regresso ao escuro
que mal puderam rasgar.

Daqui da cama invejo o luzidio em fuga,
e me sonho um feixe feito um desses.
Me sonharia ainda o batente da porta,
o puxador do armário;
a dura existência de toda coisa,
uma a uma, a turno, eu viveria,
me quereria outro
que não esse humano
corpo
respirante:

o sono que desce, abstrato que seja,
esse calor que me aflige,
um nome

ou mesmo o som desse nome
mal pronunciado
e já extinto no espaço,
a lembrança desse nome
na memória de alguém, enfim
o êxtase (eterno?)
do que não pensa,
não se pensa,
não sente nem se sente,
ou que concretamente nem existe.

E no entanto homem
me deito,
inconformado à sina
de um corpo
sujeito ao sono
e a o dever orgânico
de dormir.
Mas de mim
não é só sono
o que espera o corpo:
me espera ao dia sucessivo
o seu apelo de fome,
de amor
e de morte,
e ainda de mim
espera, o próprio dia sucessivo
uma razão,
pois não só o corpo

é quem me espera algo:
eu, por exemplo,
de mim só quero um poema.

E assim,
talvez atento
a uma vontade de poesia
(sou eu esse corpo
ou ele
é que de mim
se apossa,
e apenas falo por ele?),
eis que opera o corpo
no sono, como que por consolo
(ou piedade do real),
sabe-se lá à custa
de quanto esforço cerebral,
um império impalpável
de fantasia,
império
só fantasia,
império dos sonhos,
onde o tempo, o espaço
e a verdade são brinquedos,
e onde quem sabe eu mesmo
seja só um boneco,
que sim, é ele,
o corpo,
quem me pensa e fabrica.

Não por acaso esse corpo
(alta é a noite; leve, o sono)
pensa a idade do universo,
e torturado de imensidão
eis que alcanço
a paz de igualar-me
aos feixes de luz
que sim,
ainda riscam o quarto:

eu,
facho de carne encolhido
num canto de galáxia,
lume de sonho acolhido
na paz das ilusões,
corpo operando uma fenda,
um rasgo,
corpo em sono, em sonho,
fendendo a noite
e o universo.

na parede

Nell'ossa ho un'altra città
che mi strugge. È là.
L'ho perduta. Città
grigia di giorno e, a notte,
tutta una scintillazione
di lumi — un lume
per ogni vivo, come,
qui al cimitero, un lume
per ogni morto. Città
cui nulla, nemmeno la morte
mai, — mi ricondurrà.[1]

GIORGIO CAPRONI

Anteriormente repleta
de figuras de santos
e adereços religiosos
pendurados sem critério,
limpei esta parede.
Restaram inúteis os pregos
sem a santaria gasta,
os crucifixos pobres,
e os terços de plástico.

[1] Tradução livre: "Nos ossos uma outra cidade/é que me consome. Lá está./Perdi-a. Cidade/cinza de dia e, de noite,/toda uma cintilação/de lumes — um lume/para cada vivo, como,/aqui no cemitério, um lume/para cada morto. Cidade/à qual nada, nem mesmo a morte/— nunca — me devolverá." Trecho do poema 'Il gibbone' ('O gibão').

Nua a parede,
ou melhor,
quase:
servem de enfeite
a cabeceira da cama
aqui recostada,
e um quadro de anjinhos
que tive dó de tirar.

Desde então,
pouca coisa aqui
se pendurou:
à guisa de enfeite
um chapéu que nunca usei;
no inverno
algumas luvas coloridas,
e depois talvez mais nada
(se cansaram os olhos
de tanta bobeira).

* * *

Mas eis que decreta o acaso
uma sina diversa
à serventia desses pregos:
achados no lixo
vizinho ao refeitório,
figuram aqui luzinhas de Natal
e peixinhos singelos
de lantejoula e isopor.

Num gesto aleatório,
quem sabe estranho,
talvez de mau gosto,
eu os pendi:
é verão
e à noite aqui brilha
o deslocado Natal dessas luzinhas,
é agosto
e à luz do dia
um carnaval arbitrário lampeja
com os corpos desses peixinhos.

(Que não veja seu quarto assim
a velha que aqui morava.
Restam esquecidos seus santos
e seus Jesus numa caixa).

* * *

Desde quando
eu não sei dizer,
mas desde muito é que,
da noite que desce
sobre esse quarto
(e agora também
sobre esses peixes)
meu corpo não vive trégua.

Se apazigua aos poucos
o rumor da rua.

Vez ou outra ainda
algum moleque berra.
Alguém fuma em silêncio
no escuro de uma sacada.
(A algumas quadras, o cemitério...)

Ao brilho rouco
das lâmpadas públicas,
eis então um outro
que se soma
daqui de dentro,
iluminando
não a vida miúda de baratas
sobre tampas de bueiros,
mas territórios insuspeitados de dor
(o mínimo espaço
entre a cabeceira e a parede,
o vão existente
entre a cabeceira e o colchão).

(Também tem suas luzes o cemitério...)

Assim aos poucos
(ardência fria das luzes,
pompa pobre dos peixinhos...)
(é meia-noite?
são três da manhã?)
se inflama
se queima o quarto

de uma luz inexistente:
a do desespero.
Tal como essas luzes
(opulência do vermelho,
pura esperança do verde,
a reclusão do azul)
tal como esses peixes
(oco olhar em pânico),
aleatória também
uma outra cor,
arbitrária também
uma outra luz
em febre
em êxtase
chameja o quarto:

ali, onde a noite
me interpõe seus portões,
reino em fantasia.
Não fosse o medo
da prisão de seus muros,
passearia meu corpo
entre gatos esquecidos.

cidadela reclusa
aos peregrinos noturnos,
antigo jardim
só umidade e musgo,
é pedra

é pompa
e lume:

um lume
para cada morto
(e aqui no entanto
um só semivivo
e este cordão de lumes).

ali, onde a noite
me chama
e me interpõe seus portões,
uma profusão de gatos
e de nomes
esquecidos,
é lodo
é luto
é lama
e um nume:
meu corpo que passa
(perfume da treva)
rasga o ar deletério.

*   *   *

Queimando assim a retina
nesse bagaço de luzes
reais e imaginadas,
eu enganaria a noite

em segurança,
passaria o poema
sem nada a dizer,
provisória a dor
se calaria no sono
se um derradeiro chamado,
uma última imagem
(de talvez grande efeito
mas de escassa verdade)
não me retivesse:

ali
(coração
da noite)
entre mortos de guerra
engavetados sem pompa
um gato desce:

ali
limiar e limite
coração e limite
centro
início
e fim da noite,
se fabrica
e se emana
a noite
num gato que erra
num corredor subsolo
entre mortos de guerra:

do lume deixado
no altarzinho singelo
(tantos lumes lá em cima,
apenas um ali em baixo?...),
outra ferida de luz
na escuridão monumental:

duas gemas escassas,
duas moedas podres
dois ocos de cobre:
é o reflexo do lume
nos olhos do gato.

*   *   *

Reclusão do azul,
pura esperança do verde,
triste luxo o do amarelo...
Respira um corpo
sepulto
entre lençóis
encardidos.
São sete
(talvez),
são sete
e trinta.
Apagado no sono
não sente o corpo
que o clarão doce

que abraça as luzinhas
coroando a cama

é o sol definitivo
de uma manhã
italiana.

retrato da tarde quando morta

Um homem chamado cavalo é o meu nome
STELA DO PATROCÍNIO

A plenos pulmões eu quisera
inflar os foles da tarde,
que assim cantaria
acima das casas
e das gentes
uma canção livre e sentida.

E um vento anuro de chuva
sob as mangueiras,
assim provocado,
me contaria das frutas
que a tarde desola.

É certo que um catálogo
modesto
de senhorinhas enfermiças
assistiria,
de seus portões,
esse discreto câmbio
de ares.

Tarde anura...
Ar ciscado a mão de criança...

Insuflaria a plenos pulmões
os foles da tarde,
mas hoje sou eu
quem de sopro carece.

Que era da luz tão cítrica às três,
que é da luz das cinco horas,
amanteigando as cortinas?

Os portões da tarde se desfazem,
os domínios da tarde se desintegram,
talvez pra sempre,
em mim.

Um homem chamado
império da tarde
era o meu nome...

■ primeira edição
■ setembro de 2023